Los monorrieles

Quinn M. Arnold

CREATIVE EDUCATION

semillas del saber

Publicado por Creative Education
P.O. Box 227, Mankato, Minnesota 56002
Creative Education es una marca editorial
de The Creative Company
www.thecreativecompany.us

Diseño de Ellen Huber
Producción de Angela Korte y Colin O'Dea
Dirección de arte de Rita Marshall
Impreso en los Estados Unidos de América
Traducción de TRAVOD, www.travod.com

Fotografías de Alamy (Blaine Harrington III, Sean Pavone, Helen Sessions), Bigstock (chalabala), iStockphoto (400tmax, Hanna Alandi, Louise Beaumont, Jui-Chi Chan, ClaraNila, Creative-Family, Dkart, TATYNAMAKOTRA, Velirina), Shutterstock (Hanna Alandi, Uwe Aranas, Avesun, Anna Klepatckaya, Abdul Razak Latif, NAN728, Amirul Syaidi)

Información del Catálogo de publicaciones de la Biblioteca del Congreso is available under PCN 2019930510.
ISBN 978-1-64026-271-3 (library binding)

9 8 7 6 5 4 3 2 1

TABLA DE CONTENIDO

¡Hola, monorrieles!

WALT DISNEY WORLD MONORAIL SYSTEM

Los monorrieles son trenes.
Se desplazan sobre una sola vía.

Esta vía se eleva por sobre el suelo.

Los monorrieles son más anchos que las vías sobre las que se desplazan.

Muchos monorrieles viajan sobre la vía.

Algunos cuelgan de ella.

Los monorrieles son silenciosos. Pasan por parques y zoológicos.

Los pasajeros miran a través de grandes ventanas.

El tren avanza gracias a grandes ruedas de goma.

Unas ruedas más pequeñas guían al tren por las vías.

El conductor presiona un botón para abrir y cerrar las puertas. El tren avanza cuando se presiona el acelerador.

24V
モニタスピーカ
主回路電圧計
バッテリー電圧計
現示変化ベル
ブザー
ENEOS
セルフ
T-POINT

Un monorriel para en la estación.

Se cierran las puertas. El tren se desliza silenciosamente por la vía.

¡Adiós,

monorrieles!

Dibuja un monorriel

puertas
vagones
rueda

Palabras que debes saber

acelerador: es la parte que controla la potencia de un motor

estación: lugar donde los pasajeros suben y bajan del tren

goma: material resistente y durable

Índice